D1279659

JAN 2005

À Thomas et à Max, avec amour
— S.W.

Le droit de Susan Winter d'être identifiée comme étant l'illustratrice de cet ouvrage
a été validé par elle, en accord avec le Copyright, Designs and Patents Act de 1988.

Édition originale publiée en Grande-Bretagne, en 1999,
par Frances Lincoln Limited, 4 Torriano Mews,
Torriano Avenue, London NW5 2RZ.

Catalogage avant publication de la Bibliothèque nationale du Canada
Edwards, Richard, 1949-
Fais comme moi, Cachou / Richard Edwards;
illustrations de Susan Winter; texte français d'Hélène Pilotto.
Traduction de : Copy Me, Copycub.
Pour enfants de 4 à 7 ans.
ISBN 0-439-96689-2
I. Winter, Susan II. Pilotto, Hélène III. Titre.
PZ26.3.E39Fa 2004   j823'.914   C2004-902407-8

Édition publiée par les Éditions Scholastic, 175 Hillmount Road, Markham (Ontario) L6C 1Z7,
avec la permission de Frances Lincoln Limited.

5 4 3 2 1   Imprimé à Singapour   04 05 06 07

Fais comme moi, Cachou

Richard Edwards
Illustrations de Susan Winter
Texte français d'Hélène Pilotto

Éditions
SCHOLASTIC

C'est le printemps dans la forêt.
Cachou et sa maman explorent
les environs. Tout ce que sa maman
fait, Cachou le fait aussi.

Quand sa maman patauge dans un étang, Cachou y
patauge aussi. Quand sa maman s'assoit pour se gratter,
Cachou s'assoit et se gratte, lui aussi.

— Tu sais quoi, Cachou? lui dit sa maman. Tu es
un vrai petit copieur!

Durant tout le printemps
et tout l'été, Cachou et
sa maman se promènent
à la recherche de bonnes
choses à manger. Quand sa
maman ramasse des baies,
Cachou en ramasse aussi.
Quand sa maman grimpe
dans un arbre pour y
manger du miel, Cachou
y grimpe aussi.

— Tu es vraiment mon
petit copieur à moi, lui dit
sa maman en lui faisant
un câlin.

L'automne arrive et les jours se font de plus en plus froids. Un matin, à leur réveil, Cachou et sa maman trouvent le sol couvert de givre.

— Il est temps de retourner à notre caverne, explique sa maman. L'hiver est à nos portes et il fera bientôt trop froid pour rester dehors. La caverne nous abritera de la neige. Suis-moi, Cachou, et ne traîne pas.

La maman de Cachou zigzague entre les arbres.
Cachou zigzague aussi.

La maman de Cachou traverse des rivières.

Cachou les traverse aussi.

C'est un long trajet pour un ourson. Cachou fait de son mieux pour ne pas traîner, mais il commence à être fatigué.

Soudain, quelque chose de froid et de mouillé touche le bout de son museau. C'est un flocon de neige.

La neige se met à tomber fort et dru. Cachou en a plein les yeux. Il a du mal à voir son chemin. Sa fourrure est glacée et ses pattes sont engourdies par le froid. Il n'arrive plus à avancer. Il n'a qu'une envie : se laisser tomber dans la neige et dormir.

Sa maman revient vers lui.

— Tu ne peux pas dormir ici, lui dit-elle, tu vas mourir de froid.
Allez, Cachou. La caverne n'est plus très loin. Encore quelques pas.
Fais comme moi.

La maman de Cachou fait un pas. Cachou fait un pas. La maman de Cachou fait un autre pas. Cachou fait un autre pas... puis un autre, et un autre, jusqu'à ce que...

...derrière un amas de roches,
se dessine l'entrée de la
caverne.

— Nous sommes arrivés,
Cachou!

Ils entrent rapidement à l'intérieur. L'endroit est calme et sec. Le sol est recouvert de feuilles.

La maman de Cachou serre son ourson contre elle jusqu'à ce qu'il n'ait plus froid.

— Nous sommes à l'abri, maintenant, dit-elle. Bientôt, nous dormirons profondément et quand nous nous éveillerons, ce sera de nouveau le printemps.

Ensemble, ils regardent la neige tomber. Puis ils se
blottissent dans les feuilles.

La maman de Cachou bâille. Cachou bâille aussi. La maman de Cachou serre son ourson entre ses pattes. Cachou serre sa maman entre les siennes. La maman de Cachou dit :

— Bonne nuit, mon petit Cachou. On se revoit au printemps.

Cachou ne répond pas.

Il dort déjà à poings fermés.